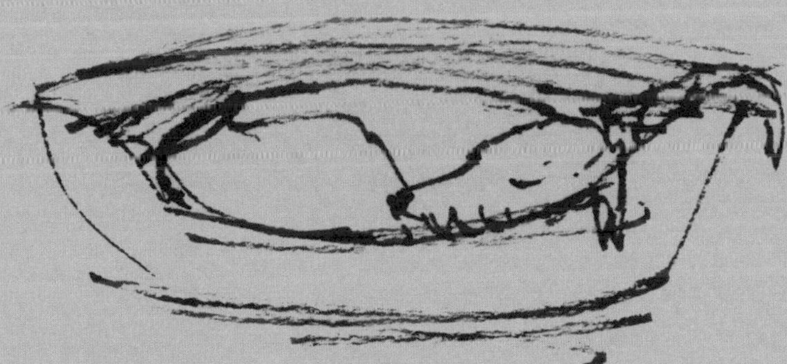

Mae'r llyfr hwn i Kate ac i Joseph, ac er cof am fy annwyl Hobbs. E.B.

Diolchiadau

Diolch yn fawr iawn i chi, fy nghriw arbennig o deulu a ffrindiau. Dad, Matty ac Emma, Jose am waith celf rhyfeddol, Maddy Dart, Tanuja Amarasuriya, Anna Wilson, Vic Llewellyn, Emma Williams, Jen Major, Jack Freddie Mora, ac i Debbie Watling a Helen Jackman am blentyndod yn llawn anifeiliaid ac antur. Diolch o galon i Arts Council England, Lara wych yn Coombe Farm, ac i'r holl gŵn ym mhobman (yn enwedig yr annwyl Red, Nell a Merlin).

EB

Diolch yn fawr i ti, Emma, am ymddiried y stori hardd hon i fi. I Lara Lloyd am ein cyflwyno dan y goeden geirios yn Coombe. Diolch i Beth Waters, Esther Cooper-Wood ac Angela Cogo am eu llygaid, eu help a'u cyngor craff. Ac i Wyn a fy nheulu am gefnogaeth barhaus bob amser.

JB

Ffarwel Mot. Cyhoeddwyd ym Mhrydain 2022 gan Graffeg Limited.
ISBN 9781802583090

Addasiad gan Mary Jones.

Graffeg Cyf, 24 Canolfan Busnes Parc y Strade, Heol Mwrwg, Llangennech, Llanelli, Sir Gaerfyrddin SA14 8YP Cymru. Ffôn 01554 824000. www.graffeg.com.

Mae cofnod Catalog CIP ar gyfer y llyfr hwn i'w gael o'r Llyfrgell Brydeinig.

Mae'r cyhoeddwr yn cydnabod cefnogaeth ariannol Cyngor Llyfrau Cymru. www.gwales.com

Adnoddau Dysgu: www.graffeg.com/pages/teachers-resources

Goodbye Hobbs (English edition) ISBN 9781802582222

1 2 3 4 5 6 7 8 9

MIX
Paper from responsible sources
FSC® C014138

Ffarwel Mot

Emma Bettridge
Josephine Birch

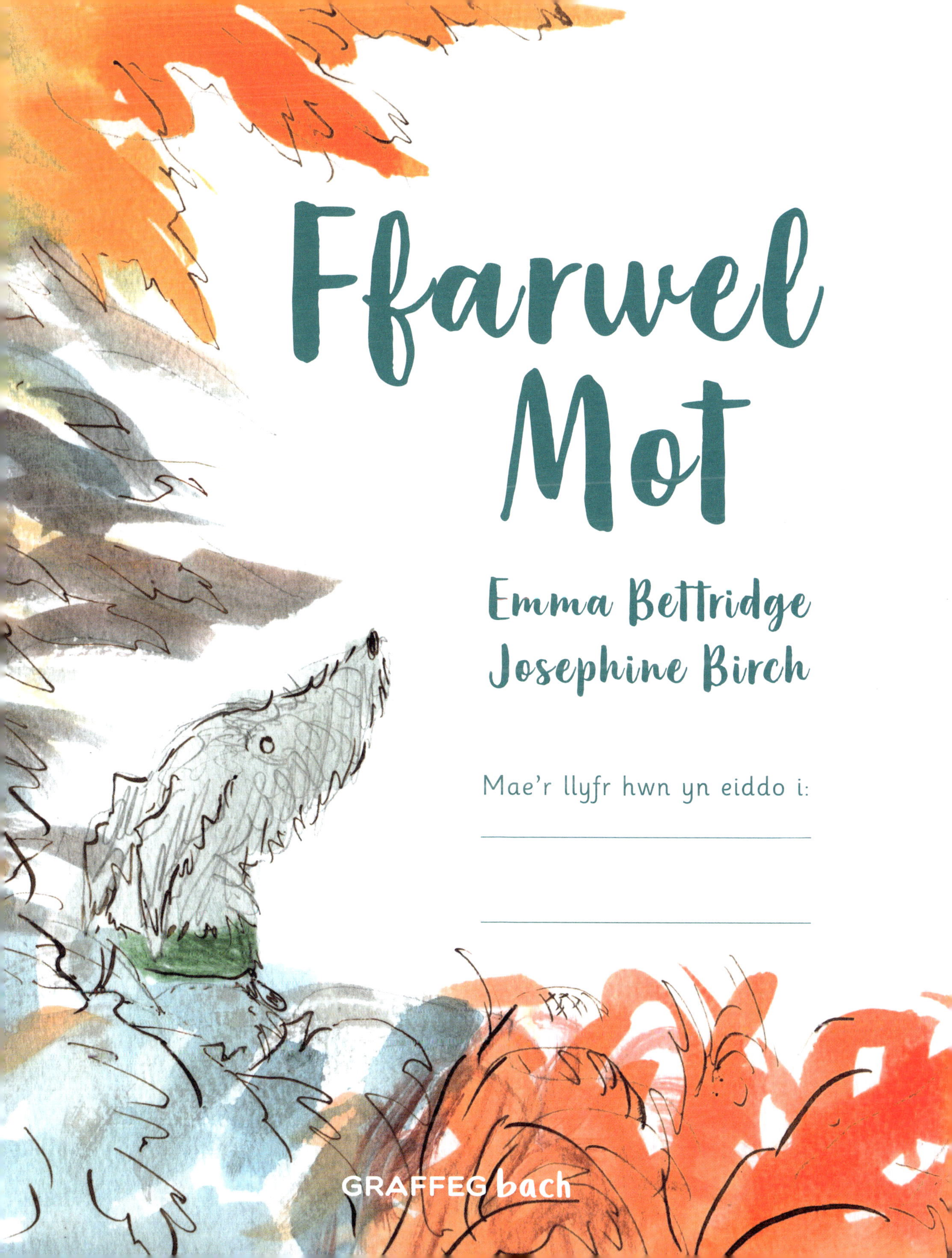

Mae'r llyfr hwn yn eiddo i:

____

____

GRAFFEG bach

Dere, Myrddin!

Mae'n amser mynd am dro
Am dro

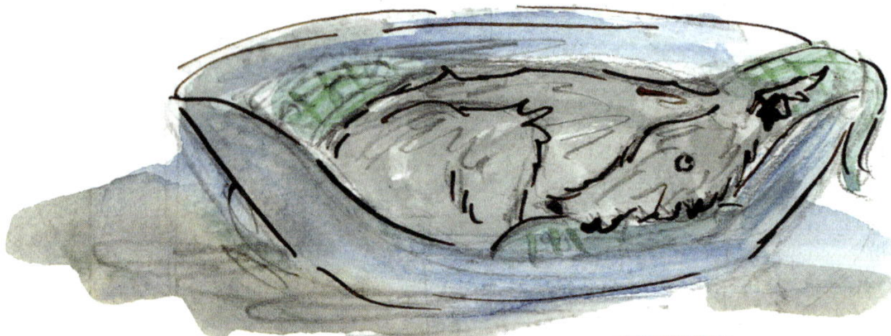

Am dro, am dro

Mae un llygad gan Myrddin
ar agor, ac mae'n edrych
ar y gwely arall.
Ddim heddiw, meddai,
(yn ei ben).

Myrddin!

Mae Myrddin yn llusgo allan,
yn cerdded draw at wely Mot,
yn ei sniffian o un pen i'r llall.

Mae'n mynd i lawr y grisiau,
Ei ben yn isel,
Yn ysgwyd ei gynffon drist...

Glaw ar ei ben.

I fwrdd â nhw, ar hyd y
ffordd gyfarwydd,
Siop nwyddau metel,
Swyddfa'r post,
cigydd.
I fyny'r lôn wrth y tŷ,
ar draws y cae,
Drwy'r gât,
Ar draws y ffordd
Ac i fyny'r rhiw.

Mae Myrddin yn cerdded yn agos at ei feistres.
Mae'n edrych i fyny ati nawr ac yn y man.

Mae'n stopio,

Yn edrych i'r pellter...

am Mot.

Ei ffrind gorau Mot,
Labrador yn sgleinio mor ddu
Llygaid brown dwfn
Ei gynffon yn ysgwyd drwy'r amser
Seren wen glir ar ei frest,
Y ci mwyaf addfwyn fu erioed.

Ymlaen â nhw,
Myrddin a'i feistres,
I fyny'r rhiw serth, serth
Ar draws y pentref,
Crafangu drwy'r llaid a'r creigiau.

Mae'n codi ei ben
nawr ac yn y man.
Mae'n stopio.

Yn edrych yn ôl,
Sniffian,
Sniffian eto.

Arogl ... A sniff ... arogl ...

Mot!

Mae Myrddin yn
rhuthro
i fyny’r llethr.

Neges!
Yn dweud:
'Helo Myrddin
Sut wyt ti heddiw?
Rwy'n hoffi'r goeden yma,
Rwyt ti'n gallu gweld am filltiroedd.
Rwy'n…'

Diwedd y neges.

Mae Myrddin yn codi ei drwyn i'r awyr,

Sniff… sniff…

Draw acw!

Ar y gwynt…

Mot!

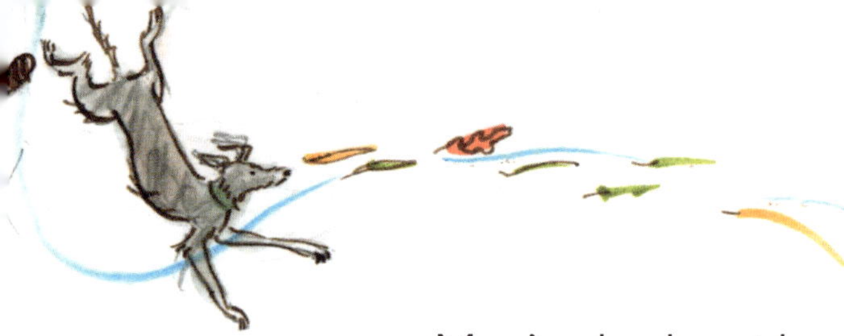

Mae'n rhuthro i lawr y llethr
Ac i fyny'r llwybr ceffyl,
Ei ben i fyny
Sniff... sniff...

Nes cyrraedd yr afon.
Wrth yr afon mae coeden helyg.

Neges!
Meddai:

‘Roeddwn i am ddweud
wrthot ti mod i’n iawn.
Roedd hi’n bryd
i fi fynd i ffwrdd.
Rwy’n dy garu di.
Os byddi di fy eisiau…’

Mae Myrddin yn codi ei drwyn i'r awyr
Sniff… sniff…
Ac ar ei draed ôl, yn ymestyn yn uchel,

Sniff hir

Sblash!

Drwy'r coed brithliw,

Heibio cae'r ceffylau, dros y bont

ac yn ôl i'r pentref.

GYDD
SWYDDFA'R
POST
Siop Byrti
Llysiau a Ffrwythau Fres

Pen i lawr nawr, trwyn i'r ddaear.
Heibio i siop y cigydd, swyddfa'r post, y siop nwyddau metel...

Tuag adre,
i mewn i'w ardd,

Sniff... sniff...

at y goeden geirios yn y canol.

Sniff

Neges:
'Os byddi di fy angen,
Cofia fi yma.
Rydw i gyda ti
er nad wyt yn fy ngweld.
Dal i neidio, Myrddin!
Mae'n iawn
i ti fynd i dy hoff fannau,
Gwneud tyllau mawr,
Rhedeg ar ôl y gwningen.
Cei gysgu yn fy ngwely
hyd yn oed.'

Mae Myrddin yn gorwedd
wrth y goeden geirios,
Yn rolio ar ei gefn
Edrych i fyny ar y cymylau,
A gorffwys ei ben.